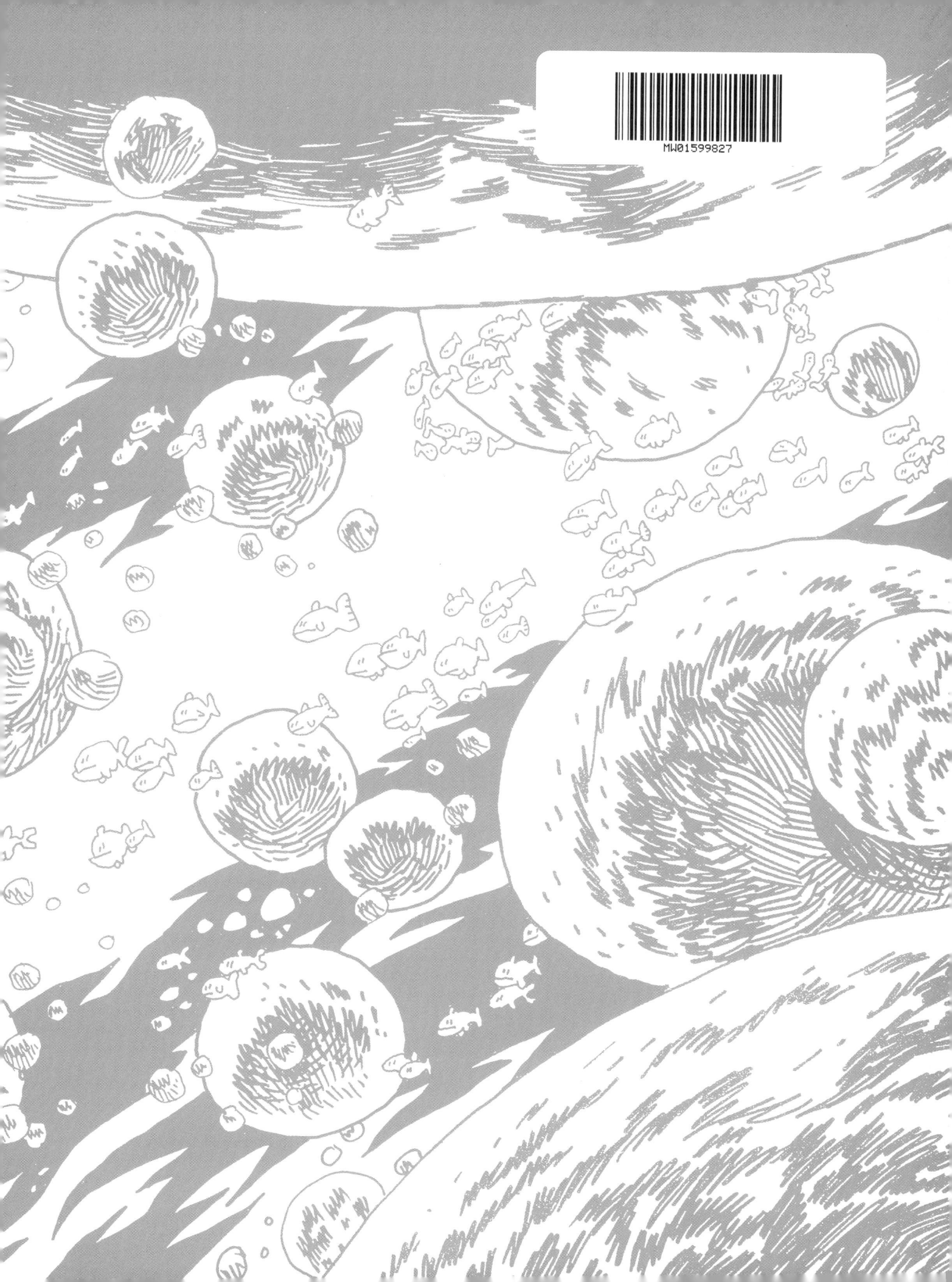

Lewis Trondheim & Manu Larcenet

les cosmonautes du futur

résurrection

Couleur : Brigitte Findakly

Poisson Pilote

DARGAUD

PARIS • BARCELONE • BRUXELLES • LAUSANNE • LONDRES • MONTRÉAL • NEW YORK • STUTTGART

Poisson Pilote

D'APRÈS LES ÉCHOS QUE JE REÇOIS, IL Y AURAIT UNE BASE PAR ICI ...

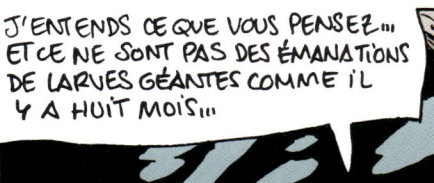

J'ENTENDS CE QUE VOUS PENSEZ ... ET CE NE SONT PAS DES ÉMANATIONS DE LARVES GÉANTES COMME IL Y A HUIT MOIS ...

NON, NI UNE ÉRUPTION STOCHASTIQUE, NI UNE ACTIVITÉ INFRASOLAIRE ...

ET NI DES PROUT DE MES FESSES, NON.

CE SONT DES GENS DE VOTRE RACE. ÉCOUTEZ ... IL Y A MÊME DE CETTE MUSIQUE AFFLIGEANTE QUE VOUS FAITES EN FRAPPANT OU EN SOUFFLANT DANS DES TRUCS ...

♪ POUR UN FLIRT AVEC TOI ♪

PAS TRÈS MODERNE ... ÇA NE SERAIT PAS DES ONDES RÉSIDUELLES ?

♪ JE FERAIS N'IMPORTE QUOI, POUR UN FLIRT, AVEC TOI ♪ ...

NÉGATIF, CAPITAINE.

L'ÉMETTEUR EST PROCHE. JE SERAIS VOUS, JE M'HABILLERAIS POUR FAIRE UNE BONNE PREMIÈRE IMPRESSION.

EN TOUT CAS, ÇA NE SERA PAS DU LUXE ... JE NE PROMETS PAS DE POUVOIR ENCORE RAFISTOLER GAËLLE AVEC DES MORCEAUX DE VOS PARENTS ... IL ME FAUT DES OUTILS PLUS PERFORMANTS.

MMH ... POURQUOI PAS ... T'AS UNE CHANCE SUR DIX QUE CE SOIT À LA MODE EN CETTE ANNÉE 2033 ...

ARRIMAGE DANS 30 SECONDES...

DERNIÈRE RECOMMANDATION : PAS LA PEINE DE DIRE QUE VOUS ÊTES DES DEMI-CLONES, OU LA RÉSURRECTION, OU LA RE.CRÉATION ORIGINELLE DE DEUX COSMONAUTES DU FUTUR MORTS AU COMBAT IL Y A 16 ANS...

ON JAUGE LA SITUATION ET ON S'ADAPTE... TECHNIQUE DE COMBAT D'INFILTRATION.

ET QUELLE QUE SOIT LA SITUATION DANS LAQUELLE VOUS VOUS TROUVEREZ, ÉVITEZ LA VIOLENCE, ELLE NE RÉSOUT RIEN... DURANT CES DEUX ANNÉES DANS L'ESPACE, JE VOUS AI APPRIS À VOUS BATTRE POUR QUE VOUS COMPRENIEZ QUE LA DOULEUR, C'EST MAL.

TERRIENS, NOUS VOILÀ !

VOUS REMARQUEREZ QUE CHAQUE BASE SPATIALE A SA PROPRE ODEUR... CELLE-CI, CE SERAIT PLUTÔT... EUH...

... LE GRAILLON.

OOOOH ! BRAVO À VOUS !!

"" COSTUME TYPIQUE DE L'ÉPOQUE "" MASQUE DE SYNTHÈSE DE PEAU ""

VOUS ÊTES DES VRAIS FANS !

ET VOUS, LE GROS, VOUS ÊTES DÉGUISÉ EN QUOI ?

JE NE SUIS PAS GROS ET JE SUIS JUSTE DÉGUISÉ EN BANAL HUMAIN !

BIEN SÛR "" VOULEZ-VOUS UNE AUTHENTIQUE KRONENBOURG DANS SA BOUTEILLE EN VERRE ? OU UN CORNET DE FRITES ?

ÉCOUTEZ, NOUS NE VOULONS PAS ACHETER, NOUS VOULONS JUSTE VOIR ""

OUI, OUI, JE COMPRENDS : D'ABORD LA VISITE, APRÈS LES EMPLETTES "" SUIVEZ-MOI, C'EST PAR ICI ""

VOUS VOYEZ ICI, SOUS UN RÉSEAU LUMINEUX CONSTITUÉ DE NÉONS BLAFARDS, UN PARKING AMÉNAGÉ POUR LES VÉHICULES ROULANTS ""

"" CE SONT DE VRAIES VOITURES DE LA FIN DU XXᵉ SIÈCLE. NOTRE MUSÉE EST TRÈS FIER DE CETTE MAGNIFIQUE 4 L ""

"" DES PARFUMS DISTILLÉS DANS L'AÉRATION REPRODUISENT LES NUANCES D'ESSENCE, D'HUILE DE VIDANGE, DE CAMBOUIS ET D'URINE "" LES MÂLES DE CETTE ÉPOQUE AVAIENT COUTUME DE FAIRE LEURS BESOINS OÙ ÇA LEUR CHANTAIT ""

VEUILLEZ EMPRUNTER CET ASCENSEUR GRAFFITÉ QUI VA NOUS PROPULSER SOUS LE DÔME ""

ET SI VOUS AVEZ DES QUESTIONS, N'HÉSITEZ PAS.

EUH "" POURQUOI CE "" EUH "" MUSÉE EST-IL SITUÉ À CET ENDROIT DE L'ESPACE ?

AH ! AH ! JE VOIS "" LA COQUINE ! VOUS ME TESTEZ

COQUINE COQUINE COQUINE ""

GILDAS "" JE LE SENS PAS TROP, CET ENDROIT "" MA TÉLÉPATHIE COMMENCE À SE BLOQUER ET J'AI ENTENDU VOS PRÉNOMS DANS SON ESPRIT.

TU VEUX DIRE QU'IL EST TÉLÉPATHE AUSSI ?

FAITES ATTENTION AUX CROTTES CANINES, ON EN A MIS UN PEU PARTOUT ""

JE NE SAIS PAS "" C'EST COMME SI ""

?!

OH BEN, ÇA !

3

NIKAD! OÙ EST-CE QU'ON EST TOMBÉS, EXACTEMENT?

JE NE SAIS PAS ... C'EST PEUT-ÊTRE UNE MANIÈRE TERRIENNE DE VOUS SOUHAITER LA BIENVENUE ...

ET MAINTENANT, ALLONS TOUS À L'APPARTEMENT DE GILDAS. ON VA VOIR LES PETITS PRENDRE LEUR GOÛTER.

VOILÀ'! PASSONS À PRÉSENT AUX DEVOIRS ...

JE FAIS PAS DE TACHES COMME ELLE, D'ABORD!

CHUUUT.

... ET PUIS NOUS LES VERRONS CHACUN CHEZ SOI, EN TRAIN DE SE METTRE À TABLE ...

... ET PUIS SE BROSSER LES DENTS APRÈS LE REPAS ET SE COUCHER.

VOILÀ' ... C'EST AINSI QUE, JOUR APRÈS JOUR, CES DEUX MERVEILLEUX ENFANTS ONT GRANDI.

OOOOH

CLAP CLAP CLAP CLAP CLAP CLAP

BRAVO BRAV

JE CROIS QUE JE NE COMPRENDS RIEN ET QUE JE NE VEUX PAS COMPRENDRE. JE VEUX JUSTE M'ENFUIR D'ICI.

CLAP CLAP CLAP CLAP

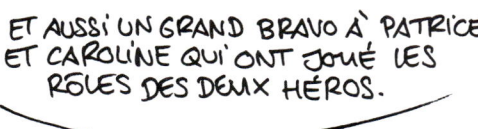

ET AUSSI UN GRAND BRAVO À PATRICE ET CAROLINE QUI ONT JOUÉ LES RÔLES DES DEUX HÉROS.

MESDAMES ET MESSIEURS, LA BOUTIQUE DE SOUVENIRS EST PAR ICI ET N'OUBLIEZ PAS LE GUIDE ...

HÉ?! MAIS LE GUIDE ... C'EST TOI EN PLUS VIEUX!!

5

J'EN AI ASSEZ DE CES MYSTÈRES! JE VAIS LUI DEMANDER POURQUOI!

ATTENDS!

ON EST CENSÉS DÉJÀ SAVOIR TOUT. IL FAUT POSER DES QUESTIONS, MAIS EN AYANT L'AIR DE SAVOIR LES RÉPONSES...

MMH...

OU ALORS EN LUI TORDANT LE BRAS TRÈS FORT!

DISCRÉTION, GILDAS, DISCRÉTION...

D'ACCORD, D'ACCORD... EN AVANT POUR UNE MISSION EN TOUTE DÉLICATESSE...

AH, AH, AH! LE COQUIN...

?!

C'EST PAS UN MASQUE...

HUM...

SINON, ON SE DEMANDAIT, BIEN QUE NOUS SACHIONS DÉJÀ LA RÉPONSE, À QUOI SERT TOUT ÇA, ICI?

VOUS N'AIMEZ PAS LES PRODUITS DÉRIVÉS, VOUS NE SERIEZ PAS DES CONTESTATAIRES, PAR HASARD?!

NON, NON... NOUS POSONS DES QUESTIONS INNOCENTES DONT NOUS CONNAISSONS DÉJÀ LES RÉPONSES...

COMMENCEZ PAR ENLEVER VOS MASQUES. J'AIME SAVOIR À QUI J'AI À FAIRE...

JE SERAIS VOUS, JE FERAIS EN SORTE DE NE PAS NOUS TOUCHER. NOUS REVENONS DE... EUH... DE LA GRANDE OURSE OÙ IL Y A UNE ÉPIDÉMIE DE SCARLATIROUGEOLE...

MONTREZ-MOI VOS BADGES D'IDENTITÉ!

ALORS? OÙ EST-CE QU'ON EST TOMBÉS?

C'EST UN MUSÉE EN VOTRE HONNEUR "" VOUS ÊTES DES HÉROS POUR TOUTE L'HUMANITÉ "!

COMMENT ÇA ?!

VOUS VOUS ÊTES SACRIFIÉS POUR FAIRE DISPARAÎTRE MISTER MARTH AVEC VOUS "" C'ÉTAIT UN CRIMINEL ÉPOUVANTABLE !

"" ET VOTRE DERNIER MESSAGE A ÉTÉ ENVOYÉ DEPUIS CET ENDROIT DANS L'ESPACE "!

C'EST POUR ÇA QU'ILS ONT INSTALLÉ LE MUSÉE ICI "!

SLOMB!

VITE ! IL FAUT TROUVER UN AUTRE PASSAGE ! L'ALERTE A ÉTÉ DONNÉE !

ET POURQUOI ON S'ENFUIT SI ON EST DES HÉROS ?

PARCE QU'IL Y A CINQUANTE ANS, LE CLONAGE A ÉTÉ INTERDIT ET QUE SI ON VOUS ATTRAPE, ON VOUS TUERA SUR-LE-CHAMP "!

"" J'AI PAS ENCORE TOUT LU DU BOUQUIN, MAIS COMME GILDAS ET MARTINA SONT DEVENUS DE VRAIES ICÔNES, LE PIRE DES SACRILÈGES SERAIT SÛREMENT QU'IL Y AIT DES CLONES D'EUX "!

MAIS ON N'EST PAS DE SIMPLES CLONES ! IL Y A DES VRAIS SOUVENIRS, DES VRAIS TISSUS CÉRÉBRAUX !

ESSAYEZ DE LE LEUR PROUVER EN QUINZE SECONDES !

LES VOILÀ !

FAITES FEU SUR CES CONTESTATAIRES !!

8

ON Y RETOURNE.

ILS NE VONT QUAND MÊME PAS PULVÉRISER TOUTE LA BASE-MUSÉE DE LEURS IDOLES...

"... CE SERAIT SACRILÈGE."

IL Y A UN TRUC QUI ME TURLUPINE DEPUIS TOUT À L'HEURE "'

JE CROIS QU'ON N'EST PAS EN 2033 "'

MAIS SI "' ON EST NÉS EN 1989 ET ON S'EST CRASHÉS QUAND ON AVAIT 28 ANS, SOIT EN 2017. ET LÀ, ON EST 16 ANS PLUS TARD, EN 2033.

CES ADULTES QUI NOUS RESSEMBLENT NE SONT PAS NÉS IL Y A 16 ANS "'

DERNIÈRE SOMMATION!

JE VAIS LEUR PARLER "'

ICI LE VAISSEAU EN FUITE. POUVEZ-VOUS NOUS DIRE EN QUELLE ANNÉE NOUS SOMMES ?

EN L'ANNÉE DE VOTRE MORT, SALES CONTESTATAIRES!!

LA VACHE! ILS N'HÉSITENT PAS, AVEC LEURS TIRS À PLASMA À L'INTÉRIEUR!

"' ET LE BOUCLIER NE TIENDRA PAS PLUS D'UNE MINUTE, À CE RYTHME "'

EUH "'

LES ENFANTS "' D'APRÈS LA DATE DE FABRICATION DE CE LIVRE, NOUS SERIONS AU MOINS EN 2143 "'

2143 ?!!

AU MOINS EN 2143 ?!!!

ÇA OUI, NOS VRAIS PARENTS SONT CERTAINEMENT MORTS DEPUIS LONGTEMPS!!

15

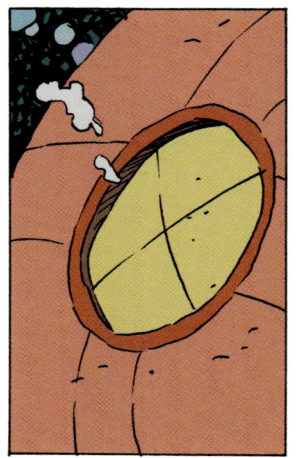

23

STO-O-OP!! ARRÊTEZ AVEC ÇA, C'EST HORRIPILANT!

IL FAUT PARTIR D'ICI AVANT DE SE RETROUVER CONFRONTÉ À DE PIRES PROBLÈMES!

C'EST CE QUE JE CUISINAIS!

MAIS OÙ ALLER?!

"IL Y A LES MACHINS DE L'IDÉOLOGIE CELTA QUI NOUS VÉNÈRENT D'UN CÔTÉ ET LES CONTESTATAIRES QUI NOUS DÉTESTENT DE L'AUTRE"

CHUT! QUELQU'UN ARRIVE!

ÉCOUTEZ TOUS! GRANDE NOUVELLE!

LE N°1 VIENT D'ARRIVER. IL AVAIT HÂTE DE VOUS FÉLICITER EN PERSONNE "

VENEZ! JE VAIS VOUS PRÉSENTER.

ON LE TAPE ET ON S'ENFUIT?

TUT TUT" ÇA C'EST LE PLAN B. PLAN A = ON SUIT ET ON IMPROVISE.

DE QUELLE CELLULE FAITES-VOUS PARTIE, M'AVEZ-VOUS DIT?

EUH" DE" DE LA PLUS ÉLOIGNÉE "

NIKAD" DANS SON ESPRIT, À LAQUELLE ÇA CORRESPOND?

CELLULE BARBIZON, EN MISSION KAMIKAZE ULTRA-SECRÈTE!

AH! EXCELLENT! JE M'EN DOUTAIS!

ET VOTRE CHEF" EUH" NOTRE CHEF, COMMENT VA-T-IL?

MALGRÉ SON GRAND ÂGE, TRÈS BIEN.

JE VOUS PRÉSENTE GAËLLE FOCUS!

GAËLLE, VOICI NOS HÉROS.

LS

APPROCHEZ !!! N'AYEZ PAS PEUR !!!

!!!QUE JE VOIE À QUOI RESSEMBLENT NOS HÉROS !!!

MMMMH !!!

VOUS ÊTES DES CLONES, C'EST ÇA?

ET VOUS, VOUS ÊTES COMME UN VIEUX POISSON POURRI !!!

CHUT!

NOUS N'AIMONS PAS LES CLONES, ICI !!!

ON VIENT DE LA CELLULE BARBIZON !!!

LA CELLULE BARBIZON NE SAIT PAS FABRIQUER DES CLONES !!!

D'OÙ VENEZ-VOUS VRAIMENT?

PAS D'UNE BOÎTE À SARDINES, EN TOUT CAS!

DE LA COUVEUSE, MADAME. LA CELLULE BARBIZON NOUS A DÉLIVRÉS, ET NOUS MARCHONS AVEC ELLE !!!

CHUT! MAIS TAIS-TOI!

ET TOI QUI NE PARLES PAS BEAUCOUP !!! QU'AS-TU À RAJOUTER À CES HISTOIRES?

EST-CE QUE NOS PARENTS SONT MORTS, MADAME?

26

ALERTE !!! TOUT LE MONDE POINTE LES INTRUS !

JE VIENS D'AVOIR LA CELLULE BARBIZON... ILS NE SONT AU COURANT DE RIEN !

CES TRAÎTRES ONT FAIT SAUTER LA BASE-MUSÉE POUR NOUS INFILTRER !!

C'EST PAS VRAI !

EMBARQUEZ-LES, DÉPECEZ-LES ET TROUVEZ LES ÉMETTEURS DE LOCALISATION...

NON, GAËLLE !! JE SUIS VRAIMENT TON FRÈRE ! JE SUIS REVENU ! JE... JE PEUX LE PROUVER ! QUAND ON ÉTAIT PETITS, MA CHAMBRE ÉTAIT LA PREMIÈRE À DROITE DANS LE COULOIR !!

TSSSS... ÇA, TOUT LE MONDE LE SAIT !

EUH... UN JOUR, ON S'EST DISPUTÉS POUR UN BONBON, JE T'AI POUSSÉE ET TU T'ES COGNÉ LE GENOU TRÈS FORT CONTRE LE RADIATEUR !

FAITES-LE TAIRE !

RAMENEZ-LE...

MAIS ENFIN, MAMAN, C'EST UN TRAÎTRE !

MAMAN ?!

MON FRÈRE GILDAS M'A POUSSÉE ET JE ME SUIS COGNÉ LA TÊTE, PAS LE GENOU !!!

NON ! C'ÉTAIT LE GENOU !

TU AS DIT QUE C'ÉTAIT LE GENOU POUR MOINS TE FAIRE DISPUTER, MAIS C'ÉTAIT LA TÊTE !!!

27

EUH... N'EMPÊCHE QUE J'AI ÉTÉ PUNI DE PLAYSTATION PENDANT UNE SEMAINE...

MAMAN, IL INVENTE, OU ALORS IL LIT DANS TES PENSÉES AVEC LE MESKIMEK! C'EST UN FÉLON ET UN BÂTARD DE CLONE!

TU NE DEVRAIS PAS PARLER COMME ÇA DE CE GAMIN... IL EST PEUT-ÊTRE TON ONCLE...

JE DEMANDE À CE QU'ILS PASSENT À LA SONDE MENTALE...

ACCORDÉ...

J'ALLAIS MOI-MÊME LE DEMANDER...

ALLEZ... VENEZ TOUS...

UNE SECONDE! J'AI UNE RÉPONSE À DONNER...

SI TU ES BIEN GILDAS, TU DOIS SAVOIR QUE NOS PARENTS SONT MORTS IL Y A PRÈS DE 100 ANS...

...AVANT QUE LA GÉNÉTIQUE NE NOUS ACCORDE DEUX FOIS PLUS DE TEMPS À VIVRE DANS CET UNIVERS.

JE M'EN DOUTAIS.

MERCI.

28

30

LES TESTS EFFECTUÉS AVEC LA SONDE SONT-ILS FIABLES ?

OUI "" LEUR HISTOIRE EST HALLUCINANTE !

ET CE GARÇON EST BIEN MON ONCLE ""

ET QUE SAVENT-ILS SUR DELTA ?

PAPA ! UN MESSAGER VIENT D'APPORTER ÇA ""

LA CHANCE EST AVEC NOUS : VOICI LES CODES D'ACCÈS JUSQU'AUX BÂTIMENTS DE LA COUVEUSE POUR LES TROIS PROCHAINES HEURES ""

C'EST LE MOMENT DE FAIRE UNE OPÉRATION DE FORCE ""

TROP RISQUÉ " IL FAUDRAIT PLUTÔT INFILTRER DISCRÈTEMENT LA COUVEUSE...

IMPOSSIBLE, AVEC LE SYSTÈME DE RECONNAISSANCE A.D.N.

ON RÉPARE EN VITESSE LEUR VAISSEAU ET EUX POURRAIENT RÉUSSIR !!!

?!

RÉUSSIR QUOI ?

VOUS VOULIEZ DÉTRUIRE LA COUVEUSE, TOUT À L'HEURE ""

EH BIEN, LA CHOSE EST FAISABLE MAINTENANT !

EUH "" TOUT À L'HEURE, ON AURAIT DIT N'IMPORTE QUOI POUR S'ENFUIR D'ICI...

C'EST BIEN CE QUI ME SEMBLAIT : CE TYPE A PEUT-ÊTRE LE SANG D'UN FOCUS, MAIS IL N'EN A PAS LES TRIPES !

ET LES TIENNES ?! TU VEUX QUE JE LES ARRACHE AVEC LES DENTS ?!

ESSAIE, POUR VOIR !

À TES ORDRES !

31

GILDAS, TU N'AS PAS HONTE DE T'ÊTRE BATTU COMME UN CHIFFONNIER CONTRE TON PETIT-NEVEU?

NON.

REGARDE OÙ ÇA T'A MENÉ"" IL T'A CASSÉ UNE DENT!

LUI AUSSI IL A UNE DENT CASSÉE"" ET IL A UN COQUARD EN PLUS!

ET TOUT ÇA POUR QUOI? ON SE LE DEMANDE"" MOI JE LE TROUVE AGRÉABLE ET POLI, CET ANGEL.

BON, ÇA VA, ÇA VA! ON VA PAS EN PARLER JUSQU'À LA FIN DE NOS JOURS!

ARRIÈRE BASE À TÊTE DE PONT! VOUS ALLEZ PASSER LES BALISES DANS UNE MINUTE""

O.K.

ON VOUS SUIT SUR LE RADAR, ET LES MICRO-ÉMETTEURS SONT BRANCHÉS""

QUAND VOUS SEREZ À L'INTÉRIEUR, PLACEZ LA BOMBE À CÔTÉ DU GÉNÉRATEUR ET DÉCROCHEZ""

S'IL Y A UN PÉPIN, DITES LE MOT "RÉSURRECTION", ET NOUS TÂCHERONS DE FAIRE UNE DIVERSION""

LES BALISES SONT PASSÉES, LES CODES ÉTAIENT BONS.

C'EST BIEN JOLI D'AVOIR ACCEPTÉ CETTE MISSION MAIS C'EST QUOI, CETTE COUVEUSE, EN FAIT?

C'EST LA SEULE FABRIQUE LÉGALE DE CLONES""

AH? ET LES GENS PAIENT POUR AVOIR DES CLONES ET ÉCHANGENT LEURS ORGANES EN CAS DE MALADIE OU D'ACCIDENT?

NON""

CE SONT DES CLONES DE VOUS DEUX"" TOUS LES COSMONAUTES DU FUTUR SONT VOS CLONES""

POURQUOI FORMER D'AUTRES GENS ALORS QUE VOUS ÉTIEZ PARFAITS?

MAINTENANT, SILENCE RADIO !!!

IDENTIFIEZ-VOUS AUX BORNES.

A.D.N. O.K. ASCENSEUR DÉVERROUILLÉ.

EH BEN !!!

ÇA A ÉTÉ PLUS SIMPLE QUE PRÉVU !

MMMH !!! QU'AVONS-NOUS LÀ ?

ON PEUT SAVOIR CE QUE VOUS FAISIEZ À L'EXTÉRIEUR EN PLEINE ALERTE ?

EUH !!!

ON A FAIT UN EXERCICE DE PATROUILLE ET ON S'EST PERDUS.

MENTEURS !

JE SUIS TRÈS INQUIET POUR MARTINA ET GILDAS !!! CETTE MISSION EST TROP RISQUÉE ET ILS NE SONT PAS PRÉPARÉS !!!

MAIS NON ! JE LES AI BIEN FORMÉS ET ILS SAVENT SE DÉFENDRE !

OUAIS !! ILS SONT SUPER-FORTS !

PSCHHH

C'ÉTAIT UN TRAÎTRE !

!!! ET SES CAPACITÉS TÉLÉPATHIQUES AURAIENT PU NOUS NUIRE À TOUS.

PSSCHH

31

33

VOUS ÊTES SÛRS? C'EST PEUT-ÊTRE PAS NÉCESSAIRE...

CELTA! VOICI DEUX GARNEMENTS QUI ONT FAIT L'ÉCOLE BUISSONNIÈRE...

ILS ONT DÉJOUÉ LES CODES DE SÉCURITÉ POUR SORTIR ET REVENIR?

...ET TOUT ÇA POUR S'ACHETER DES TROU-NOIR ® ET AUTRES SPATIO-BONBONS.

C'EST TRÈS BIEN... VOUS ÊTES DÉBROUILLARDS!

VOUS ALLEZ PASSER DIRECTEMENT DANS L'ESPACE 3 DE LA COUVEUSE...

HUM... ILS SONT AVEC CELTA... CE SERAIT TENTANT DE LES FAIRE EXPLOSER MAINTENANT.

?!... VOUS N'Y PENSEZ PAS?!

CE SONT LES VRAIS GILDAS ET MARTINA, TOUT DE MÊME!

OUI OUI!... VOUS SAVEZ, MON RÔLE, C'EST D'ENVISAGER TOUTES LES POSSIBILITÉS...

MAIS LÀ... IL Y AURAIT TROP DE CLONES SURVIVANTS... C'EST LE GÉNÉRATEUR QU'IL FAUT FAIRE EXPLOSER POUR QU'ILS MEURENT TOUS.

SAUF MARTINA ET GILDAS... BIEN SÛR...

ALORS? COMMENT VOUS Y ÊTES-VOUS PRIS POUR OUTREPASSER LA SÉCURITÉ?

ON NE LE DIRA PAS, MÊME SOUS LA TORTURE.

SINON ON NE POURRA PAS SE REFAIRE DE BALADES!

VOUS ÊTES MALINS, VOUS DEUX...

VOUS IREZ LOIN.

ARRÊTEZ TOUS!!

NOUS AVONS DANS CE SAC UNE BOMBE QUI FERA SAUTER LE GÉNÉRATEUR ET VOUS TOUS AVEC!!

ARRÊTEZ!

LES SCANNERS DÉTECTENT EFFECTIVEMENT UNE BOMBE!

NOUS NE SOMMES PAS DES TERRORISTES, NOUS NE SOMMES PAS DES CONTESTATAIRES'''

NOUS N'AVONS PAS L'INTENTION DE FAIRE SAUTER LA COUVEUSE'''

NOUS NE VOULONS PAS VOUS TUER TOUS SINON CE SERAIT DÉJÀ FAIT'''

VOUS ÊTES NOTRE FAMILLE, NOUS SOMMES LES VRAIS GILDAS ET MARTINA ET NOUS SOMMES PRÊTS À PASSER À LA SONDE PSYCHIQUE POUR LE PROUVER'''

JE PENSE QUE VOUS SOUFFREZ D'UNE NÉVROSE PSYCHOTIQUE MAIS JE SUIS PRÊT À VOUS SOUMETTRE À LA SONDE SI VOUS ME DONNEZ VOTRE SAC'''

ÉCARTEZ-VOUS'''

JE VOUS REMETS LE SAC POUR VOUS PROUVER NOTRE BONNE FOI'''

LA SONDE PROUVERA QUE DES EXTRATERRESTRES NOUS ONT RESSUSCITÉS.

LA SONDE?! ET POURQUOI PAS UNE MANUCURE?! PASSEZ-LES À LA VRILLEUSE MENTALE ''' QU'ILS CRACHENT TOUT CE QU'ILS SAVENT!

40

QU'EST-CE QUE TU FAIS ?

GAËLLE?!! JE ... J'AI SURPRIS CES TRAÎTRES QUI ONT TUÉ LES TECHNICIENS !

LE PETIT ROBOT DIT QUE TU COMPTAIS SACRIFIER MARTINA ET GILDAS ...

QUE TU NE VOULAIS PAS FAIRE DE DIVERSION ...

C'EST UN MENSONGE !

LE ROBOÏDE VEUT SEMER LE TROUBLE POUR NOUS DIVISER !

PAUL!

BLACK SPIDER!

JE SUIS BLACK SPIDER!

J'AI SACRIFIÉ MA VIE POUR LES CONTESTATAIRES ...

JE SUIS LE CHEF D'UN GRAND MOUVEMENT DE REBÉLLION CONTRE LES ABUS DE L'IDÉOLOGIE CELTA ...

IL ... IL EST IMPENSABLE QUE JE LAISSE DEUX GAMINS PRENDRE MA PLACE ...

ILS ... ILS ÉTAIENT PRÈS DU GÉNÉRATEUR ET ILS NE L'ONT PAS FAIT EXPLOSER ... ILS CONSIDÈRENT LA COUVEUSE COMME LEUR FAMILLE, DÉSORMAIS ...

IL FAUT LES TUER ...

PAUL, TU ES FATIGUÉ ...

ANGEL, ENVOIE UNE DIVERSION ...

NON !

41

PAUL !!! TU N'ES PLUS APTE À COMMANDER LES FORCES CONTESTATAIRES. JE TE RETIRE TES FONCTIONS.

NON ! VOUS ME REMERCIEREZ TOUS PLUT TARD, QUAND L'IDÉOLOGIE CELTA SE SERA ÉCROULÉE !!!

!!! POUR LA REMPLACER PAR L'IDÉOLOGIE BLACK SPIDER ?

NON, MERCI.

MAIS LA FAUTE EST MIENNE. JE N'AURAIS PAS DÛ TE POUSSER AUTANT À COMBATTRE L'IDÉOLOGIE CELTA. JE NE T'AI APPRIS QU'À DÉTESTER. JE SUIS RESPONSABLE DE CE QUE TU ES DEVENU !!!

GAËLLE ? QU'EST-CE QUE TU FAIS ?!

JE VEUX TE SERRER UNE DERNIÈRE FOIS DANS MES BRAS !!!

C'EST UNE PHOTO TRUQUÉE ?

C'EST UNE PHOTO AUTHENTIQUE DE 2014.

RENDEZ-LA-MOI !!

POURQUOI TU AS GARDÉ CETTE PHOTO ??

JE FAIS CE QUE JE VEUX !

RÉGENT !?!

OUI, CELTA ?

!!! JE CROIS QUE TU ME CACHES DES CHOSES, UNE FOIS DE PLUS !!!

CES ENFANTS DISENT PEUT-ÊTRE LA VÉRITÉ !!!

OUI, CELTA. JE VAIS LES SONDER EN DOUCEUR !!!

J'ATTENDS TES CONCLUSIONS D'ICI UNE HEURE.

DÈS QUE LES DEUX GAMINS SERONT DANS LA SONDE, FAITES CROIRE À UNE ÉVASION ET TUEZ-LES !!!

JE NE VOIS RIEN DE BON DANS CETTE HISTOIRE DE RÉSURRECTION !!!

43

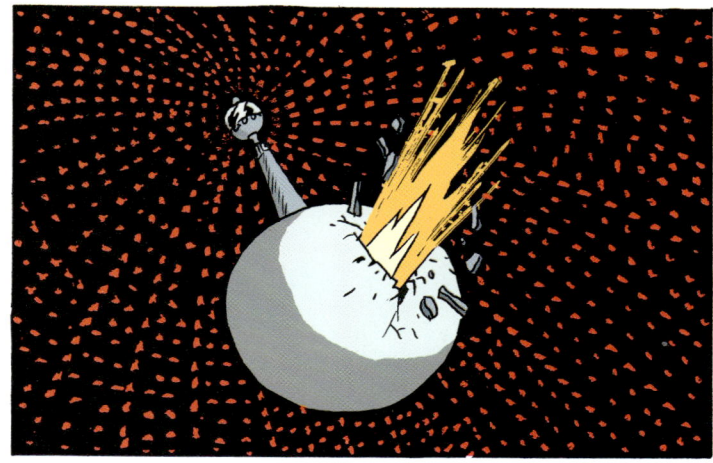

QU'EST-CE QUE C'ÉTAIT ?!

ALERTE NIVEAU 1 !!

LA COUVEUSE SE DÉSAGRÈGE !

IL FAUT RETOURNER AU VAISSEAU !!

IL FAUT SAUVER CELTA ...

IL FAUT SAUVER TOUT LE MONDE !

LEUR BOMBE A EXPLOSÉ ...

VOILÀ C'EST FINI ... C'ÉTAIT PAS LA PEINE D'EN FAIRE UN FROMAGE !

DONNE-MOI TON ARME, PAUL ...

MA TÂCHE EST ACCOMPLIE ... L'IDÉOLOGIE CELTA A VÉCU ...

TIENS.

ICI GILDAS ET MARTINA ... NOTRE VAISSEAU EST LE PLUS PROCHE DE LA COUVEUSE ... VENEZ IMMÉDIATEMENT POUR UNE OPÉRATION DE SAUVETAGE !

NOUS AVONS PARLÉ À CELTA ET ELLE VOIT UNE POSSIBILITÉ DE RAPPROCHEMENT ...

JE VOUS TRANSMETS LES CODES D'ACCÈS.

HOPOPOP ! QU'ILS CRÈVENT ! PAS QUESTION DE LES SAUVER !

Lewis Trondheim et Manu Larcenet - le 27-06-2003

© **DARGAUD 2004**

PREMIÈRE ÉDITION

Tous droits de traduction, de reproduction et d'adaptation strictement réservés pour tous pays.

Dépôt légal : janvier 2004 • ISBN 2-205-05293-4

Printed in France by *Partenaires-Livres*®